농기구열전

전석홍 시집

서정시학 이미지 시집 014

서정시학

보드란 듯 질긴 심지 어머니를 닮았구나
그 나무뿌리 손아귀에 들려
불볕 찌는 속 잡곡 밥그릇 일구어
나 여기 자리하고 있느니

호미 손자루 움켜쥐면
전율처럼 번져오는 그리운 손결

—「호미를 위한 광시곡—농기구열전 1·호미」에서

서정시학 이미지 시집 014

농기구열전

전석홍 이미지 시집

서정시학

전석홍

전남 영암 출생. 서울대학교 문리과대학 정치학과 졸업. 제13회 고등고시 행정과 합격. 전라남도 도지사 역임.

『현대문예』(2004), 『시와시학』(2006, 김남조 선생님 추천)으로 등단.

저서 『소도읍개발론』, 시집 『담쟁이 넝쿨의 노래』, 『자운영 논둑길을 걸으며』, 『내 이름과 수작을 걸다』, 『시간 고속열차를 타고』, 『괜찮다 괜찮아』, 『원점에서서』, 『상수리나무 교실』, 시선집 『내 마음의 부싯돌』, 이미지 시집 『농기구열전』.

한국크리스찬문학상, 영랑시문학상특별상, 현대문예문학상, 농촌문화상, 광주광역시문화예술상(정소파문학상 본상) 수상.

서정시학 이미지 시집 014

농기구열전

2022년 12월 5일 초판 1쇄 발행

지 은 이 · 전석홍
펴 낸 이 · 최단아
편집교정 · 정우진
펴 낸 곳 · 도서출판 서정시학
인 쇄 소 · ㈜ 상지사
주 소 · 서울시 서초구 서초중앙로 18, 504호 (서초쌍용플래티넘)
전 화 · 02-928-7016
팩 스 · 02-922-7017
이 메 일 · lyricpoetics@gmail.com
출판등록 · 209-91-66271

ISBN 979-11-92580-06-7 03810

계좌번호: 국민 070101-04-072847 최단아(서정시학)
값 15,000원

시인의 말

나는 농촌에서 자랐다 농기구와 함께 생활하면서 농기구에 얽힌 농촌·농민의 애환을 생생하게 보아왔다. 농기구는 농촌의 사회사이자 우리나라 발전과정의 한 단계를 차지한다.

이러한 농기구가 과학기술의 발달과 사회 환경의 변천에 따라 점차 사라져 농업박물관의 전시물로 남아가고 있다.

내가 체험한 농기구에 담긴 애환을 시로 형상화하고 싶었다. 그러던 차에 김재홍 교수께서 농기구에 관한 연작시를 쓸 것을 권유 하였다. 지금까지 농기구 70종을 골라 「농기구열전」이란 이름으로 연작시 70편을 썼다.

미진하지만 사라져 가는 농기구에 대한 '기록'이라는 생각을 가지고 한 시집으로 묶어 내게 되었다.

2022년 11월

차 례

2부

3부

1부

호미를 위한 광시곡

– 농기구열전 1 · 호미

버선코 흰 몸매 천상 조선 여인이구나
뾰족한 부리로 흙살 콕콕 찍어 씨앗집 짓고
여린 싹 발부리 틈새 잡풀만 골라 사근사근 뽑아내는 너는

보드란 듯 질긴 심지 어머니를 닮았구나
그 나무뿌리 손아귀에 들려
불볕 찌는 속 잡곡 밥그릇 일구어
나 여기 자리하고 있느니

호미 손자루 움켜쥐면
전율처럼 번져오는 그리운 손결

안채 부엌 모퉁이 연기 자죽 흙벽에 걸리어
익숙한 손바닥 목줄 빠지게 기다리는 저 호미
내 지금 네 손목을 시리게 잡고
어머니집 뜨락 잡초 한풀 한풀 매고 있다

삽날에 기대어

— 농기구열전 2 · 삽

1.

말갛게 씻은 얼굴 비스듬히 쉬고 있네

사랑채 디딜방앗간 해삭은 흙벽에 기대어

아버지 어깨마루 타고 한평생 들판을 오가던 삽 한 자루

균형 잡힌 양 어깻죽지 든든하구나

얄팍하면서 넉넉한 몸매에

날렵하게 굽이쳐 빛나는 삽날이

금방 땅심을 찢어 파고들 기세인데

한쪽 죽지에 오른발 내딛고

힘주어 눌러대면 잽싸게 흙가슴살 헤집으며

흙찰밥 한 사발씩 퍼 올리느니

그 자리에 우리 식구 밥상이 차려졌네

2.

눈코 뜰 새 없는 농사철이면

목마른 물살 살랑살랑 드나드는 물꼬 삽

땡가뭄 무논에 스며드는 물줄기 밤새 바라보며
아버지, 한데 수심처럼 쭈그려 앉아 있을 때

논두렁에 붙박여 서서 시름 함께 나누는 그림자더니
아버지 삽자루 손 놓아 버리시던 날
내 손에 들려 이승 끝 방바닥 고웁게 다지고
관 위에 한 지게 흙눈물을 쏟아 묻었네

아리 아리 아리랑 스리 스리 쇠스랑

— 농기구열전 3 · 쇠스랑

생김새보다 더 예쁘구나 그 이름 쇠스랑 혓바닥을 윗니에 붙여 눈 맑은 바람 휘어감아 구슬 굴려내는 소리 쇠 · 스 · 랑 · 세 줄기 가지런한 손창날이 한번 밥그릇 찍어 물면 절대 놓지 않는 너

지린내 곰삭은 늪에서 한살이 하는가
밤새 품은 체온 내음 다습게 배어든
외양간 돼지우리 질퍽한 짚무지에 처박혀
오물 범벅 이부자리 질질 끌어내고 있구나

마당귀 두엄 더미 차곡차곡 쌓이는 사이
깊은 잠 깨어났나 농투성이 내음 내음새
집안 구석구석 빈 뱃속 고봉고봉 담기네

두엄 가마솥 김 모락모락 피어올라 삶고 삶은 섬유질 거름
바지게 바지게 논밭 가슴에 고루 뿌려
아리 아리 아리랑 스리 스리 쇠스랑 살살 고루면
금비 절은 흙가슴에 기운 팔팔 살아나네

괭이자루 따스하구나

— 농기구열전 4 · 괭이

서리칼날 뾰족한 창끝도 없는 괭이
두툼 납작한 기역자 매부리가
땅속 어둠을 찍어 끄집어 올린다

긴 나무자루 꽉 잡고
땅덩이 우주 정수리를 내리치면
흙살 놀라 솟구쳐 일어서고
자갈돌이 파내려가는 길 비켜 준다

비렁밭 골을 내어 밥사발 차리고
산자락 캐낸 칡뿌리 빈속 추겨 주면서
웠동 잘린 나무 끌텅 찍어내
한겨울밤을 녹여 주더니

지금은 손길 없이 헛간에 나뒹굴고 있는가
내 마음 비워야 할 무게 부릴
생의 김칫독만한 구덩이 하나 파 주렴

날을 세우며

— 농기구열전 5 · 낫

낫 놓고 기역자도 모른다던가
혼결 맺혀 꿈틀대는 기역자 조선 낫 하나
날 끝과 날 자루 두 손으로 움켜잡고
퇴퇴 물 적시며 숫돌에 갈아대면
감았던 새 눈을 뜨는 달빛 낫날

헛간 흙 바람벽 깔망태 들쳐 메고
산발한 논둑 풀 한 줌 한 줌 베어내면
머리 깎은 논두렁 환히 미소 짓는다

들솥 익는 내음 진동하는 가슬
모개 숙인 벼 포기 낫을 걸어 당기면
깍지깍지 쌓이는 서러운 풍년이여
무거운 짐 부린 밑동 슬며시 낯짝을 내민다

여름내 베어 말린 산판 떼나무
가을철 지게 등짝으로 내려
겨울 아궁이 불화로 달구었네

신명이 난 낫날
내 왼새끼손가락 손톱 할퀴어
어릴 적 훈장 하나 이력처럼 선명하네

이리야 쯧쯧 이리야 쯧쯧

— 농기구열전 6 · 쟁기

들머리 소몰이 메아리치누나
앙상한 갈퀴손, 고삐 바짝 당기면서
요리조리 땅심 짚어 쟁기길을 열어간다

논 가슴살 파고드는 보섭에
어둑 흙밥 차례차례 어깨생살 일어서며
좋아라 새 고랑 비켜 앉아 햇살과 대화한다

목등에 맺힌 멍에 자국 옹이 졌는데
부리망* 파고드는 햇풀 향내 그리워 그리워
침발 거품 범벅인 어미소
땅 끝까지 뚜벅뚜벅 논이랑을 끌고 간다

몰랑몰랑한 물흙살 써레질로 고이 발라
풍년을 심는 얼럴럴 상사뒤여 상사뒤여
노을꽃 쟁기 한 다발 지게 등짝에 싣고
부림소 앞세워 사립 드는 아버지 발걸음

* 쟁기질 할 때 곡식이나 풀을 뜯어 먹지 못하게 소 주둥이에 씌우는 망, 가는 새끼로 그물같이 엮어 만든다.

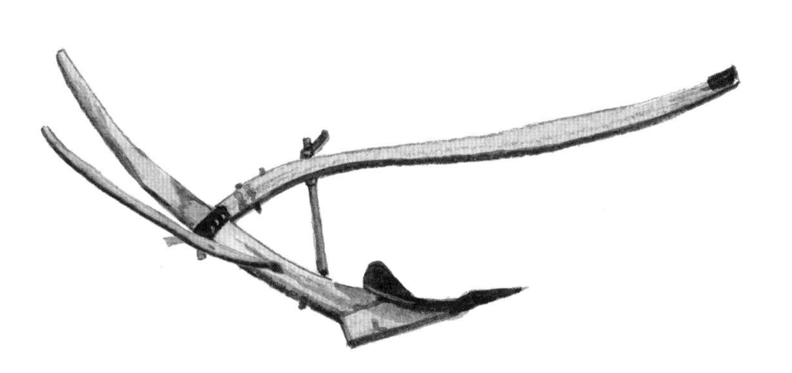

홀태 세상
— 농기구열전 7 · 홀태

나무 방울채로 두드리면 금속성 외마디 튕겨 나올 듯
촘촘히 줄지어 선 쇠빗살 뾰족뾰족 창끝들

볏단 한 움큼씩 이빨 사이 끌어당기면
가슴 부푼 알곡 꿈이 영그는 이야기
덕석바닥에 섬섬 하늘로 쌓여간다
보리 조 고구마 끼니 메워 겨우살이 넘기지만
마음 안 고봉 쌀밥 한 사발에 겉배가 불러온다

천근만근 모개 짐짝 훌훌 부려놓는 볏짚
한생을 녹여 벼꽃 한 다발 뙤약볕 속 피워내
허리 치켜 열매 하늘 이고 왔거니
이제 새끼 가마니 마름감으로 떨어져 나가는구나

차안과 피안 그 삶의 갈림길에서
볏곡은 산뜻한 바람목욕*을 하고
곡간 신주로 떠받들어 모셔지네
훈김 꾸역꾸역 초가지붕 피어오르네

* 키나 풍구 바람으로 곡물에 섞인 협잡물을 걸러내 선별하는 것

오늘도 지게 지고 걷는다

— 농기구열전 8 · 지게

등태가 체온처럼 따스하구나
등거리에 실려 다닌 내 지게 인생
하늘 떠받듯 목발 버티고 서서
두 팔 뻗어 저울추를 치켜올린다

벼, 보리, 서숙, 나무, 목숨의 밑천들
가슴으로 듬뿍 껴안은 너를
통째로 등짝에 지고
남몰래 등골 땀에 젖어 가야 하느니

세상사 힘겨우면 어깻죽지 눌러 신호를 보낸다
'제발 짐 좀 덜어내라'고
한쪽 쏠려 기우뚱 중심 흔들리면
'수평 잡으라' 단호히 일러 준다

너와 나 사이 틈새 생기면 함께 넘어지느니
등가죽에 울려오는 무거움과 덜어냄의 아슬한 균형
오늘도 천근 지게를 지고
터벅터벅 생의 외길목을 작대기 하나 걸어간다

손 마디마디 역사 산맥이 굽이치누나
— 농기구열전 9 · 갈퀴

농투성이 넝쿨손이구나
긴 팔 끝머리 손가락 마디 한 번
펴 볼 틈새도 없이
밤낮 꼬부리고만 사는 목숨갈퀴

먼지구덩이 뛰어들어 분주하다
마당으로 들녘으로 산등성이로
한 생애 내맡긴 채 개미 쳇바퀴 뱅뱅
땅바닥만 내려다보고 외길 돌아 도는구나

벼 보리타작, 마름 짚 일 뒷검불
두엄밥으로 살살 펴 거두어 내고
따비밭 흙살 골라 보리씨앗 눈을 틔우고
청솔가리 긁어 식구들 언 등짝 지펴 주면서

가파른 살림고개 지팡이 넘어 넘어온
부르튼 아버지 손가락 마디마디에
오늘도 역사의 산맥이 굽이친다

냄새 안 피운 목숨 세상 어디 있다던가

— 농기구열전 10 · 똥장군 송頌

불룩한 뱃구리 대나무 허리띠로 단단히 동여매고
속내 삐져 나갈 틈새 주지 않는구나
하늘 우러러 사발 아가리 들창으로 열어 놓고

이승 맨 밑바닥에 아무렇게나 놓여져
'쓸모없는 것의 쓸모'* 로 다시 태어난 것들
고이 쓸어 담아 황토에 활력소 불어넣느니

손목 긴 바가지가 떠올린 합수** 물
검지 찍어 곰삭은 맛 혀끝으로 가늠하느니
온 식구 고단한 생의 고갯마루 넘겨주는
이 똥장군 신주단지가
어찌 생명의 꽃향기 아니겠느뇨

목구멍까지 배불리 다 채우고
힘 부친 지겟다리에 실려 밭머리 내리노라면

* 장자의 무용지용無用之用.
** 분뇨.

구댕이***에 알속 모두 게워내 골골마다 뿌려 주노니
파릇파릇 생기 도는 가솔이여
냄새 안 피우는 목숨 이 세상 어디 있다던가
코끝 따라 향내도 악취도 되는 것을

*** 귀때가 달린 동이.

삶의 높낮이를 키질하다

— 농기구열전 11 · 키

시골 아낙 풀 먹인 통치마 폭
실한 허리통을 와락 움켜잡고
하늘과 땅 사이 공중제비로 까불어대네

팔랑개비 바람이
쭉정이, 겨, 먼지, 세상의 속빈 껍데기들
경계 밖으로 몰아가고
생명의 무게 묵직묵직 알맹이만
맑은 눈빛 환하게 죽석* 안방을 밝히네

때절은 머릿수건 하 수상 세월처럼
아무렇게나 둘러쓴 어머니
쉼 없는 키질 오르내림 참아참아 하면서
속눈썹 코 입 귀 온통 먼지덕석 돼 버리네

알곡들 가마니에 차곡차곡 쌓여가지만
마음의 손 마디마디 한땀 한땀 꼽으면서

* 대를 엷게 쪼개 엮어 만든 자리, 키 바닥도 죽석처럼 만든다.

식량 학비 세금 비료 농약 외상값
이쪽저쪽 아금발이 높낮이를 헤아려 보는데
삶의 길은 아직도 아득하기만 하네

시간여행 아득하다

— 농기구열전 12 · 풍구

누구 삶의 무게를 가늠하는가
손잡이 잡고 바람개비를 돌리면
일어서는 바람회오리

정수리 너른 아가리에 쏟아지는 곡식들
흔들리며 흩날리며 설 곳을 찾는다
검불은 뒤란 너머 막장 길로 나래 펴고
알곡들은 덕석바닥에 성채를 쌓는구나

예까지 시간여행 아득하다
못자리에서 모로, 벼꽃으로, 이삭으로
뙤약볕 속 농투성이 걸음걸음 새기며 이만치 서서 왔네
뿌리 떠나 정갈한 눈빛 지금 여기 피어나니
알갱이에 무늬 진 흙손때 지워 버릴 수 없네

신이 나서 돌아가는 바람풍차에선
들노래 떼바람 소리소리 물결치는구나

가슴 들판을 털다

— 농기구열전 13 · 탈곡기

불볕 들녘 거북등으로 누벼온 흙발이
탈곡기 발판을 밟아대면
쇠발굽 촘촘 박힌 몸통 휘돌리면서
동네방네 귀를 깨워 왁자지껄
소소리바람 불어넣는다

누렇게 익은 들판 안마당에 끌어들여
다발다발 벼이삭을 먹이면
알갱이가 알알이 물고 있던 들노래를
소낙비처럼 우수수 쏟아낸다
힘겨운 머릿짐 후련후련 털어 버린 볏짚만
가벼운 발걸음 두엄길로 나서고

뿌옇게 피어오르는 먼지랑이 숨 쉬며 삼키며
가마니 가마니 채우는 늙은 갈퀴손들
산 너머 환한 세상 그리며
가파른 생의 고갯마루 한 고비 넘어선다

북새통 치던 마당귀에 지금은
빈 바람만 한가로이 쉬어쉬어 가는구나
들머리 트랙터 소리 아련히 스치우는데

먼 산에 풀꾹새 울면

— 농기구열전 14 · 써레

흙밥 물썽물썽 반반히 고른다
보습이 갈아엎은 땅살을 편다

옹이 박힌 쇠잔등에
멍에 메어 써렛발을 끌고
발 익은 무논배미 물장구 첨벙첨벙
머슴소도 소몰이도 흙탕물 튀기면서

논 물낯바닥에 가솔들 얼굴 비쳐 어린다
여린 모 싹 둥지 틀어 이삭 키우는 요람이거니
아가방 아가방 고웁게 다듬어야 하리

햇살 바람 찾아와 살랑살랑 그네 놀고
개구리 밤새워 자장가 합창하면서
미꾸라지 발가락 낄낄낄 간지리니
먼 산에 풀꾹새 울면
폭신폭신 융단 풀밭 펼쳐져 있으리

농투성이 여름밤 깊어만 가고

— 농기구열전 15 · 두레

하늘만 올려 보며 농사짓던 그 시절
거북등 갈라지는 그 들판
생수 찔끔찔끔 솟아오르는 꼬막 듬벙에서
밑물 품어 올리는 비난수 비난수 소리
끊어질 듯 이어지는 철썩 철썩 물 부딪치는 소리

투박한 무명 중우적삼 못둑에 마주서서
나무 두레박 네 귀끈 꼬옥 잡고
퍼 담을 땐 젖은 등허리 굽은 마음처럼 숙이고
떠올릴 땐 이영차 뒤로 등뼈 젖히며
무너미 넘긴 밥물 가랑가랑 논배미를 적신다

두 손놀림 한 뿌리 한 마음이어라
한 두레 두 두레
다복다복 담아 올린 생금물살이여

어둠이 야금야금 삼켜가는 적막 들녘
호롱불 가물가물 귓전을 철썩이는 소리

농투성이 여름밤은 그렇게 지샜거니
지금은 물꼬 철철 넘치는 초록 들머리에 붙박여
지나간 구름 흔적 더듬더듬 손결해 보네

빈자리 돌담 기대 서 있는 너는

— 농기구열전 16 · 거름대

어딘가를 금방 찌를 칼 눈빛이구나
네 갈레 날렵한 송곳날이
소 돼지 오줌똥 절고 절은 검불이부자리
한 아름 냄새 가득 물어
측간 한 모퉁이 두엄 집으로 운구해내는구나

두엄 부삭*에 누가 군불을 지피는가
김 아지랑이 무럭무럭 하늘자락 붙들고 나부대는데
두엄 더미 음지 양지 속 뒤집고 뒤집어
하나의 석양길로 고루 삭아 펴내리게 하는구나

거무스름 낯갗으로 탈바꿈한 유기질 거름 더미
바지게 바지게 듬뿍듬뿍 퍼 담아내어
논밭 흙밥보시 무량무량 떠나보내고
빈자리 돌담 기대 홀로 서 있는
'호크'라 귀에 익은 너 거름대여

* 아궁이의 전남 사투리.

얼크덩 방아야 덜크덩 디딜방아야

— 농기구열전 17 · 디딜방아

이 방아를 낼라고 서른세 명의 역군들이
옥도끼를 둘러메고 만첩청산 들어가서
이 방아를 만들었구나 어—유화 방아요*

은적산 열두 골골 바람서리 낙락장송
사랑채 방앗간에 허위단심 내려와서
얼크덩 덜크덩 디딜방아 찧고 있네

한철 거둔 알곡들을 확돌에 부어 넣고
입소문 깨알깨알 쏟아내는 동네 아낙들
두 갈래 갈라진 방아다리에
온몸뚱어리 천량만량 무게 실려 오르내린다

덜컹, 방아머리 소스라쳐 솟구치다가
발을 떼자 덜크덩, 방앗공이가
확 속으로 돌망치 대강이 내리꽂으면
휘둥그레 벼 보리 알몸을 벗어낸다

* 구 전라남도 광산군 대촌면 칠석리 방아타령 부분.

말간 속살 드러내는 토실토실 우리 국토의 순결이여
확돌 곡식 요리조리 한가운데 몰아넣는
어머니, 우굴쭈굴 손놀림 더욱 빨라지누나

무명치마 달빛 실루엣

— 농기구열전 18 · 절구

1.

헛간 들머리에 오늘도 가부좌 틀고 있다
낡은 시간의 거미줄 치렁치렁 입안에 감고
세간 밀물 썰물 쓸려간 나무절구통
길쭉한 통나무 둥글둥글 깎아 만든
에스라인 절굿공이 가는 허리통 움켜쥐고
논밭 일 지친 팔목 온몸으로 떠받치면서
머릿수건 높이 치올렸다가 힘껏 내리친다
오랜 시대의 그 무명치마 실루엣

2.

알곡 쿵쿵 찧고 고추 양념 붉게 빻아
어스름 밥상 달그닥달그닥 차리시더니
향 맑은 밤하늘 달집 뜰에서는
옥토끼 한 마리 날렵하게 뛰어나와
콩닥쿵덕 절구질을 하는데
어머니 하늘 올라 나를 내려다보면서
늦은 밥상 차리려 절구질을 하는 걸까

온 마을 등짝이 따스하다

— 농기구열전 19 · 도끼

1.

숫돌로 마음 날에 서릿발 세운다
열두댕이 산골 지게 지고 들어서서
하늘 높이 치솟은 나무둥치에
서늘한 번개도끼 휘둘러 내리친다
쩡쩡 산의 비명 소리 산마루를 울린다
바람막이 껍질옷으로 감싸인
속살 한결 두결 도려내면서
질긴 인연의 짐 부려 버리는
나무의 힘겨운 한살이를 본다

2.

안채 모퉁길에 쌓아 둔 통나무
토막토막 목침 괴어 가로눕히고
눈빛 싸늘한 쇠날 후려
험한 세상의 정수리를 내리친다
깡마른 몸통 쫙 갈라
어둠 속 새겨온 생의 이력이며

평생 추위에 시달려온 속내를 환히 펼쳐 놓는다
아궁이 불로 훨훨 환생하는 장작더미
겨울 강추위 온 마을 등짝이 따스하다

이승과 저승의 거리 아득하다

— 농기구열전 20 · 톱

나무둥치에 톱날하늘소를 물려놓는다
뾰족뾰족 솟아오른 쇠가시 이빨 끝이
막장 속 낮은 포복으로 파고든다
제 스스로 길을 내며 허물어내는
생살점과 뼈 부스러기들
오랜 세월 잠겼던 눈물처럼 펑펑 쏟아진다

눈서리 고추바람 시간의 씨날 엮어
위로위로 쌓아 올린 공든 탑
반 치도 안 되는 톱날 두께만큼
괜찮다, 괜찮다 빈틈을 내어 주더니
'어, 어' 하는 사이 기우뚱
두 동강이로 갈라선다

다시는 하나로 돌아갈 수 없는
아슬한 생의 갈림길
너와 나를 갈라놓는 이승과 저승의 거리인 것을

베틀 배 은하수 건너

— 농기구열전 21 · 베틀

망망한 하늘바다에 어머니
베틀 배 한 척 띄우시네
눈발 흩날리는 긴긴 밤을
한 생애 돛대줄 허리춤에 졸라매고
부르튼 발로 살림물살 저어가네

시르렁 시르렁
얼크덩 덜크덩

외로움 씨날 한 올 두 올
기다림 날실에 엮어 짜며
울려 퍼지는 나무결 베틀 소리
고요의 하늘 빙벽을 가르며
저 멀리 직녀별을 저어가네

얼레 감기는 연실이 되어

— 농기구열전 22 · 물레

가지 많은 나무 손 놓을 틈 없는가
한세상 시름처럼 물레바퀴 돌리는 할머니
따비밭 햇무명 고치 왼손 끌어올리며
마음속 오래 삭인 세월의 웅이실
거미줄 아리랑 고개 줄줄이 뽑아내서
홍얼홍얼 수심가 가락*에 감고 있네

길삼 품앗이 날이면
안방 들어차는 물레손 합주 소리
동네 아낙들 속 아리게 쌓인
얘기꾸러미 하루내 두툼두툼 감기고
안방 군불만 저 혼자 후끈후끈 달아올랐네

한 꾸리 두 꾸리 바구니 쌓여가는 미영실**
내 남루의 그림자를 기워 주고 가리면서
내 어린 꿈 얼레에 감기는 연실이 되어
하늘 높이 멀리멀리 띄워 주었네

* 물레로 실을 자을 때 실이 감기는 데에 꽂는 쇠꼬챙이.
** 무명실

가마니 쪽배에 실려

— 농기구열전 23 · 가마니틀

한 해 농사 가마니 짜기로 마무리 한다던가
빈 들판 내달려온 고추바람이 문풍지를 흔들어댄다
쇠죽가마 뜨끈뜨끈한 흙벽 사랑방엔
헛간에 갇혀있던 가마니틀 소리, 밤바람 기차를 몰고 간다

가슬 길목에서 머릿짐 부려 버린 볏짚들
굳은살 손바닥에서 가는 새끼로 꼬이며
나무 바디 한코 한코 가마니 날줄로 감기고
대나무 긴 바늘에 물려 짜투락짜투락 씨줄을 엮느니

"아부지, 가마니 엇다 쓸 건디요?"
바늘 잡은 꼬막손 아이 물음에
"곡수 주고 공출한데다 쓸 거다!"
나무껍질 손아귀에 꽉 잡힌 바디
가슴팍 무게로 탕탕 씨날을 내리친다

볏짚 어깨어깨 바람벽 세워 가마니 울을 만들고
털려나간 낟알들 따습게 감싸 안으며
우리 집 항구를 떠나는 온 가족 쪽배가 되었나니

백의의 집을 짓는다
— 농기구열전 24 · 씨아

한일자로 입방아 꼭 닫아걸고
나지막 나지막 앉아 있다
군불 지핀 구들방에
미영씨를 앗아내는 씨아시* 한 틀

씨아손을 붙잡아 휘돌리며
뙤약볕 속 비탈 밭고랑 지심 매어 키워낸
목화송이 송이송이 먹인다

백설 하늘 속살 깊이 간직해 온
잿빛 씨앗 눈
생명의 뿌리로
이쪽 세상 바닥에 떨구어 두고

흰 깃털 날개 돋친
솜구름 하늘하늘 날아가
백의白衣의 집을 짓는다

* 씨아의 전라 사투리.

네 가슴 날을 세워라

— 농기구열전 25 · 작두

가슴에 품은 한의 칼날
통나무바닥에 서슬서슬 내려놓고 있구나

정수리에 박힌 쇠못 고리
어쩌지 못한 채
쇠마구* 후미진 귀퉁이에
붙박인 장승 작두여

네 마음 날을 세워라
산 들풀, 짚, 콩깍지 매듭매듭 잘라내며
쇠죽가마 속 혼불을 지펴라

크나큰 밥사발 흙 일구는
부림소가 한평생
여린여린 여물을 새금질 해야 하느니

* 외양간.

당그래질

— 농기구열전 26 · 고무래

손길 안 닿은 구석 어디 있던가
주름 깊은 살림 골짜기마다
생긴 대로 깎아지른 고무래 긴 손잡이
꼭 쥔 어머니 손갈퀴 마디가 굵다

한더위 앞마당 덕석 위에 풀어놓은
가난의 여린 낟알들
골고루 펴 널고 그늘 뒤집어서
햇볕살 두루 쪼이고 먹여
한알 한알 차돌 알갱이 영글어내느니

바람벽 없는 삶의 들판
맨몸뚱어리 땅바닥에 떨어뜨린
내일의 어린 씨눈들
흙 이불 땅심 훈기 고루 지펴
파릇파릇 새싹으로 키워내느니

훠이 훠이 춤사위

— 농기구열전 27 · 도리깨

찔레꽃향 일렁이는 보릿고개 넘고 넘어
고향집 안마당 보리타작을 시작했네
아버지와 작은 아버지 보릿대로 마주 서서

해묵은 물푸레 도리깨발 치켜들어
공중제비 돌리면서
'어허' '어허여' 진양조 가락
홍겨이 맞추고 고르면서
번갈아 보릿대 장구를 두드렸네

장단 맞춰 율동하는 몸놀림 따라
흙에 찌든 농투성이 몸에 박힌
오랜 내림의 도리깨 춤사위여

모개 안에 안겨 있던 보리알들
한알 두알 세상 밖 뛰쳐나와
가난의 살얼음판 디딤돌 되어 주더니
그 도리깨 망향가 물결 속에 사라지고
춤사위만 오늘도 내 실핏줄 타고 흘러내리네

어머니, 돌부처 어머니

— 농기구열전 28 · 맷돌

가난을 물려받은 툇마루 맷방석에
다소곳이 앉아 있다
무명옷 투박하게 차려 입은
펑퍼진 아낙 맷돌

어둑한 고방 항아리에 잠재워 둔
따비밭 햇보리 햇밀을
들들 들들들
온몸뚱어리 으깨 갈고 갈아서

김 오르는 보리죽 밀죽 그릇그릇
빈 끼니 웃음 햇살 담아
가난 얼룩진 허기 메꾸워 주었느니
어머니, 돌부처가 된 우리 어머니

2부

내 소년의 꼴망태

— 농기구열전 29 · 망태

헛간 흙벽에 매달려
하루 종일 나를 기다린다
가느다란 새끼줄을 꼬아 만든
내 꼴망태

숫돌에 쓱쓱쓱 낫을 갈아
가냘픈 어깻죽지 망태 들쳐 메고
저 시푸른 들판을 달려오는
농민들의 함성을 들으며 소깔을 벤다

여린 풀 한 줌 한 줌 베어
망태 가득 차오르면
저녁놀 내 인생처럼 지고
허위허위 사립문 들어선다

마구간 쇠여물로 구유에 담겨
부림소 살과 피가 되는
내 소년의 망태 풀이여, 내 꿈이여

쑥국 맛
— 농기구열전 30 · 바구니

봄이면 대바구니 옆구리 끼고
쑥 캐러 나섰네, 누님은

들판, 산기슭
지천으로 돋아나는 쑥, 쑥, 쑥,
깨끼칼로 새순 잘라
바구니 바구니 차면

머리 이고 사립문 들어섰네
낙락한 낯빛으로

햇볕 말려 끓인 쑥국
온 식구 입맛을 돋우고
설 쑥떡 맛
지금도 혀끝에 감돌고 있네

어머니의 장독대

— 농기구열전 31 · 독

뒤란 양지바른 자리
고만고만한 장독들 어깨 나란나란

저마다 넉넉한 품 안에
햇살 온기를 품어
된장 간장 폭폭 익혀 내고

그 맛샘을
사시사철 한결같이 간수해 준다

우리 집 음식 맛은
대대로
장독대에서 나오느니

어머니, 늘 뚜껑 열고
정겹게 말을 걸면서
손바닥으로 장독을 토닥토닥 쓰다듬어 주신다

통통통 오늘도 달린다

— 농기구열전 32 · 경운기

사통팔달 마을길 들길을
통통통 쏘다니는 경운, 경운기

이리야, 쯧쯧! 저랴, 쯧쯧!
누렁소가 이끄는 혼머리 들판 쟁기질
물 품어 올리는 두레 일을 한다

사람 짐짝 세상을 가득 실어
들녘으로
오일장터로 부지런히 오가고

아무리 힘든 일을 부려도
꾀피울 줄 모르는
기름만 먹고 통통 통통통
오늘도 농사꾼 자가용이 달려간다

오늘도 돈다 물레방아

— 농기구열전 33 · 물레방아

오늘도 도심에서 돌고 있다
물레방아

물 짐 가득 지고
비틀비틀 내려가 덜커덩 부려 놓고
다시 올라 물 짐 지고 내려간다

세간짐을 짊어진
우리 할머니
보리 찧어 살림고개를 넘을 때

한을 담아 돌고 돌리던
저 물레방아,

쏟아지는 물소리가
그 시절을 일깨우고 날아간다

날개 한 단 한 단 밟아 오른다

— 농기구열전 34 · 무자위

뒷들 무너미 논배미
목을 축여 주는 무자위 한 틀
물에 아랫도리 흥건히 담그고

일손 쫓긴 아버지, 해름참에
삐딱한 기둥지팡이 꼭 잡고
가파른 삶의 고갯길
물자새* 날개 한 단 한 단 밟아 오른다

삐그덕 삐그덕
나무바퀴 돌아가고
날개가 두렛물을 퍼서 올린다

무너미 올라서는 하늘물이
물길 흘러 나와
온 식구 목이 타는 논바닥을 향해
걸음걸음 재촉한다

* 무자위의 전남 사투리.

고동뿌사리, 달구지를 굴리네
— 농기구열전 35 · 달구지

동네 어귀 네거리에
달구지 한 채 고삐 풀고 있었네
작은 앞바퀴 큰 뒷바퀴
한데 어울려 굴러다니는 네발 달구지

당당한 근육질, 창날 두 뿔
부리부리 눈망울을 굴리는
고동뿌사리*가 달구지를 굴렸네

가슬 볏짐 가득 싣고
신작로 돌자갈 요리조리 튕기면서
세월아 네월아
삐그덕 삐그덕 굴러 갔네

빈 달구지 지나갈 때
어린이들 우우 몰려
개선장군처럼 타고 가면

* 아주 드센 황소

아무렇게나 자란 길가 코스모스들
몸뚱어리 하늘하늘 흔들어 대며 반겨 주었네

노을 웃음꽃

— 농기구열전 36 · 리어카

마을길 들길 넓혀지면서
사방팔방 굴러다니는 리어카

농사꾼 어깻죽지 짓눌러 온
천근만근 인생 짐을 덜어 주네

볏짐 흙더미 거름 닥친대로 싣고
둥글둥글 지구 바퀴 굴리면서
농촌 길 구석구석 누비고 다니네

엄마 아빠 꽁무니 따라
굴러다니는 꼬맹이들
들녘에서 돌아올 적
짐수레 올라
노을 함박웃음꽃 활짝 피어나네

돌확 밥상

— 농기구열전 37 · 돌확

부엌문밖 토방에 도사리고 있다
옴팍하게 파인 돌확

끼니때면 어머니,
돌확에 보리쌀을 부어
둥그런 주먹돌로 문질러 댄다

하얗게 새로 태어나는 보리쌀이
가마솥에서
식구들 보드라운
보리쌀밥으로 모락모락 익어 가고

생마늘 생고추를
돌확에서 으깨어
양념 반찬이
온 식구 입맛을 돋구어 준다

연자방아는 돌고 싶다

— 농기구열전 38 · 연자매

연자매 큰 돌 두 짝
후미진 자리에
바람서리 서려 있다

한 시절 윗돌이
아랫돌 세상을 타고
세월을 빙빙 돌리면서

벼 보리 조 밀
오만 가지 곡식을 찧어
동네 집집 세간살이
훈풍을 불어넣어 주더니

황소 한 마리
어디선가 금방 뚜벅뚜벅 걸어 나와
윗돌 후릿채* 등짝에 메고
삐그덕 삐그덕
연자방아 수레바퀴를 돌려 줄 것만 같다

* 연자방아 윗돌을 돌리기 위해 소를 메는 기구.

삼태기 내력
— 농기구열전 39 · 삼태기

고향집 정제*
나무땔감 흙벽에 삼태기 하나
늘 비스듬히 기대 있었네

어머니, 부삭**에 쌓인 재를
당글개***로 끌어내 불길 뚫어 주고
삼태기에 담아
측간 두엄에 쌓아 두었네

푹 삭은 측간 두엄
아버지, 삼태기에 담아
허리춤에 꼭 끼고
밭이랑 이랑이랑 뿌려
가솔들 밥알을 가꾸었네

* 부엌의 전남 사투리.
** 아궁이의 전남 사투리.
*** 고무래의 전남 사투리.

겨울이면 사랑방에서
아버지, 대바람으로 새끼 꼬아 일구던
그 삼태기, 정다운 얼굴

세상 제일 꿀맛이었네

— 농기구열전 40 · 광주리

앞들 논배미
놉 사서 함께 모 심는 날

어머니,
빛바랜 광주리에
새참 가득 조심조심
들길 이고 오셨네

무논 허리 굽혀 굽혀
못줄 따라 한 점
한 점 모를 심느라
배가 출출한 참에

모두들 손발 툴툴 털고
새파란 논두렁 새 풀을 깔고 앉아
먹은 그 새참
세상 제일 꿀맛이었네

살포 생각

— 농기구열전 41 · 살포

벼논 둘러보러
할아버지, 등굽은 들길을
헛간 벽에 기대어 조는
살포 짚고 가시더니

발길 익은 초록 들판
손자루 긴 살포지팡이 함께 걸으며
이 도랑 저 물꼬
눈불 켜고 구석구석 살피시더니

살포 삽날 내밀어
물도랑에 쌓인 흙모래 짚풀
널름널름 걷어내
물길 숨길 트여 주고

물꼬문 여닫아
무논 목숨물 지켜 주시더니

누가 냄새 난다 하는가

— 농기구열전 42 · 새갓통

오래 잠든 합수통 물거름을 퍼 올린다
긴 손자루 끝에 매달린 똥바가지

장군 빈 배 가득 채운 합수거름을
지게에 짊어지고 뒤뚱뒤뚱
밥솥 밭에 나가 쿨쿨쿨 쏟아 내면

기다리는 새갓통이
듬뿍 받아 이랑이랑 뿌려 준다

누가 냄새 난다 고개를 돌리는가

보라,
저 새파랗게 살아나는 가솔들의 청결한 숨결들을

바지게 등에 지고

— 농기구열전 43 · 바지게

두엄간 푹푹 곰삭은
시커먼 거름을 저 나른다

거름 푹푹 퍼 바지게에 담으면
조가비 대쪽 바닥이
두 팔 벌려 내 세상을 껴안아 준다

내 기운에 걸맞은 거름의 무게
등짝 한가득 짊어지고
뒤뚱뒤뚱 보리밭에 인생짐을 부린다

밭에 쌓이는 유기농 거름
삼태기 삼태기 담아 이랑이랑 뿌려 주면
새파랗게 자라나는 보리의 숨결파도

뒤주가 든든해야 집안이 평온하다

— 농기구열전 44 · 뒤주

고방 안쪽 가부좌 틀고 있다
성벽 둘러친 뒤주

위로만 열리는 반쪽 문 초소엔
주먹 자물쇠가 불침번을 서고 있다

끼니때면 뒤주 문을
조심조심 여는 어머니,
눈빛으로 쌀 깊이 가늠하고
끼니 쌀을 퍼내 바가지에 담는다

쌀 한 줌 좀도리 단지에 집어 넣고
잡곡 섞어 지은
가마솥 밥이 모락모락 익어 가면

온 식구들 오순도순
안방 밥상꽃이 활짝 피어난다

볏짚 꽃방석

— 농기구열전 45 · 도래방석

헛간 덕석더미 등허리에
늘 업혀 있네
동그란 볏짚 방석들

조붓한 품 활짝 펼치어
앞마당 햇볕에 알곡을 말리고

한여름 밤이면
은빛 달등 하늘처마에 걸어 두고
온 식구들 오순도순
하루치 애기꽃 향기 피워낼 때
꽃방석 되어 주네

돗자리

— 농기구열전 46 · 자리틀

빈 들판 맴맴 스쳐오는 고추바람
문풍지를 흔들어 대면
사랑방 윗목에 자리틀이 가부좌 튼다

틈만 나면 곰방대 문 할아버지,
가느다란 삼으로 꼰 실타래가
날줄로 엮어지고

바짝 말린 왕골껍질이
대나무 바늘코에 끼워 씨줄로 들어간다

아버지 두 흙손이
바디 바디 조심스레 내리쳐
씨줄을 조여 주면
반질반질 돗자리가 새 얼굴을 내민다

뒤뚱뒤뚱

— 농기구열전 47 · 거름통

냄새 풀풀 합수거름을
아무렇지 않게 퍼 올리는
죄 없는 농투성이
한 쌍 거름통에 세상을 가득 채운다

목숨의 합수 짐을
거름지게 양 고리에 걸어
갈퀴진 등짝에 지고
삶의 바닥길을 뒤뚱뒤뚱 걷는다

밭이랑 이랑마다 고루 뿌려져
새파랗게 물살 짓는 온 식구 초록 밥알들

어머니의 따비밭

— 농기구열전 48 · 따비

산기슭 비탈바지
돌자갈 땅을
따비로 파고 일구었네
손바닥만 한 따비밭

낮일 끝나가는 해거름
어머니, 따비밭에 나가
씨앗 뿌려 지심을 매
보리 콩 고추
모개모개 영글었네

그 알갱이들이
거센 세상 강물을 건너는
우리 집 징검돌 되어 주었네

멍석 덕석 깔고 앉아

— 농기구열전 49 · 멍석

짚으로 촘촘히 엮은
긴 네모꼴 멍석
한 코 한 코에
아버지 손땀 발땀이 서린다

둘둘둘 말려서
헛간 흙벽에 층층이 기대어
옹기종기 서로 온기를 나눈다

가슴 탈곡 때면
맨땅에 오지랖 넓게 넓게 벌려
낟알을 고스란히 떠안아 준다

앞마당에 펼치어져
벼 보리 말리는 밑자리로 깔리고

잔칫날엔 온 집안 왁자지껄
꽃방석으로 피어난다

짜구, 너 당차구나
— 농기구열전 50 · 자귀

이마에 도끼날
뒤꼭지에 쇠망치를 지닌
짜구* 너, 당차구나

자귀 손자루 꽉 쥐고
나무토막 끝자락을
한 결 한 결 쳐내면
뾰족한 말목이 새 얼굴을 내민다

말뚝 뿌리를
땅가슴에 꽝꽝 박아
울타리 기둥을 세우고

뒤틀린 곳
자귀 망치로 탁탁 두들겨
그들 세상을 바로 잡는다

* 자귀의 전남 사투리.

굵고 단단한 나무토막
— 농기구열전 51 · 메

한가운데 박힌 나무 손잡이
두 손으로 꽉 잡고
하늘을 치켜 올려
잽싸게 표적을 겨냥한다

온몸의 기氣를 메 끝에 모아
내리쳐지는 지구의 총량

말뚝은 화들짝 땅속을 파고들고
짚단은 풀이 죽어 순식간에 널브러진다

떡쌀밥은 짓이겨져 한 덩어리가 되고

메는 힘으로 지배하는 지상의 무기
늘 들어치는 시각만 기다리는 지상의 절대 무기

빨랫감 가득 이고

— 농기구열전 52 · 소쿠리

빨래하러 가실 때 어머니,
대소쿠리 가득 빨랫감을 담아
냇가 빨래터로 이고 가셨네

동네 아낙들 도란도란
마음 구석 담긴 얘기 주고받으면서
장단 맞춰 두드리는
방망이 소리 산벼랑을 울렸네

때 빠진 하얀 빨래
앞마당 가로지르는 빨랫줄에 걸려
깃발처럼 펄럭펄럭 펄럭이었네

물길 숨길 트여 준다

— 농기구열전 53 · 가래

동네방네 농사꾼들 모두 나와서
가래질 울력을 한다

가래 바닥에 매 놓은 새끼줄 함께 잡고
가래를 끌어서 치켜 올린다

땅바닥 파고 도랑을 쳐서
논물이 어깨춤 추며
홍얼홍얼 흘러갈 길 열어 주고

도랑에 쌓인 흙모래 파내
물길 숨길 트여 주어
무논 찰랑찰랑 풍년 한 번 이뤄 보잔다

다발다발 새끼를 꼰다

— 농기구열전 54 · 새끼틀

손바닥 비벼서 꼬아온 새끼줄
문득 나타난 새끼틀이 다발다발 꼬아댄다

큰 집 머슴 홍얼홍얼
발판을 밟으면서
쌍나팔 주둥이에 손 바삐
영양 좋은 볏짚밥을 연신 먹여댄다

달그닥 달그닥
덩치 큰 얼레가 온 몸통을 돌리면서
주둥이 안에 맥인
두 가닥 짚을 비비 꼬아
한 줄로 끌고 간다

새끼줄이 저절로 주인 얼레에 감기어
다발다발 쌓이고
볏가마 쌀가마를 동여매
돈 사러 갈 채비 한다

체머리를 흔든다

— 농기구열전 55 · 체

쳇바퀴 꼭 잡고
머리를 연신 흔들어 대는 어머니,

흔들림 장단 맞춰
촘촘한 그물망을 뚫고
결 고운 알갱이들이 나온다

눈망울 초롱초롱한
'쓸모'만 거두어들이고

빠져나가지 못하는
빈껍데기들만 발버둥 친다

다소곳이 앉아 있다

— 농기구열전 56 · 멱둥구미

가느다란 새끼줄에
촘촘히 짚을 엮은
옷매무새 단아하다 옹뎅이*

언제나 그 자리
다소곳이 앉아 있다

동그란 치마폭 안에
알곡을 품어 식구로 간수하고

곡식을 담아
한 톨 흘리지 않고
고스란히 옮겨 준다

* 멱둥구미의 전남 사투리.

이랑이랑 뿌려 준다

— 농기구열전 57 · 귀때동이

꽃밭 이름 같구나
너, 귀때동이

쓸모없는 것에서
쓸모 있는 악취로 다시 태어난
합수물거름

구댕이* 가득 담아
냄새 풀풀 스미는
목숨의 손잡이 꼭 잡고
밭이랑, 이랑이랑 뿌려 준다

거름 기운 듬뿍듬뿍
피어나는 파릇 숨결,
식구들 양식으로 한껏 자라 간다

* 귀때동이의 전남 사투리.

우리 집 큰 일꾼

— 농기구열전 58 · 구유

고향집 사랑채 마구간엔
여물 써는 작두
쇠죽 쑤는 가마솥
통나무 구유 나란나란 자리 튼다

해거름에 할아버지와
작두질 싹둑싹둑 쇠죽거리 만들고
쇠죽 푹푹 팍팍 끓여
여물통 듬뿍듬뿍 부어 준다

느긋하게 배 깔고 쉬는
일소, 내리깐 눈망울 부릅뜨며
불끈 일어서서
여물을 슬슬 먹어 치운다

밤새 어둠을 새김질하는
우리 집안 큰 일꾼, 너 소여

띠풀 도롱이 걸치고

— 농기구열전 59 · 도롱이

빗물 쏟아지는 들판

야윈 등허리에
도롱이 한 장 걸친
농사꾼, 그 뉘신가
빗속을 헤집고 다니네

논두렁 물도랑 물꼬
구석구석 보살펴
삽질 손질 떼우면서
먹구름 하늘 쳐다보네

야생 띠풀 우장雨裝
거칠거칠 잎줄기가
이엉처럼 빗물을
쉼 없이 흘려내리네

빈 마음 곳간을 채운다

— 농기구열전 60 · 넉가래

두툼한 널판자 깎아서 만든
너, 귀설은 넉가래
아버지의 아버지의 아버지의
소박한 모습이 보인다

삽의 쓸모를 닮았구나
온 식구들 가슴 타작 때
까칠까칠 손바닥에 나무자루 꼭 잡혀
삽날로 알곡식을 밀어 모은다

벼 보리 밀 조를
말릴 때 붐비는 손발 되어 주고

마른 알곡 긁어모아
가마니 가마니
투박한 삽날로 떠 담으면
한 해 가솔 양식이
빈 마음 곳간을 흐뭇하게 채워 준다

3부

꽝꽝한 땅을 파는 너는

— 농기구열전 61 · 곡괭이

날카롭구나
길게 벋은 양쪽 쇠주둥이

꽝꽝 문 닫아 건 땅바닥만
쪼아 내는
돌격대로 태어난 곡괭이

긴 나무 손잡이 꽉 움켜쥐고
쇠창 주둥이를
힘껏 내리꽂으면
흙바닥 화들짝,
부스러지는 흙 무리들

사방팔방 튕겨져
원시의 땅가슴 문을 열어 준다

후두둑 달아난다 참새 떼

— 농기구열전 62 · 태

새 보러 들판 길을 나선다
헛간에 똬리 튼 뙈기* 데불고

볏짚에 삼을 섞어 꼬았구나
두툼한 머리에
회초리 꼬리를 지닌 밧줄

머리채 꼭 휘어잡고
공중에서 긴 몸통 빙빙 돌리다가
돌연, 거꾸로 잡아채
땅바닥을 후려치는 내 소년의 분노여,

딱!
귀 밝은 참새 떼 혼비백산
후두둑 달아난다

잊을 만 하면

* 태의 전남 사투리.

슬금슬금 다시 날아드는 참새 떼

내 뙈기는 연신

빈 하늘 번쩍번쩍 천둥번개로 울리고

번데기 고소한 그 맛
— 농기구열전 63 · 돌꼇

네 잠 자고 난 누에들
하얀 고치집 지어 우화등선羽化登仙을 꿈꾸는가

부글부글 끓는 물에
어머니, 누에고치를 풀어서
은빛 명주실 솔솔 뽑아낸다

집을 잃고 둥둥 떠다니는
맨몸뚱이 번데기들
젓가락으로 건져 내놓으면
뽀짝거리는 동생과 나,

잽싸게 주워 입안에 넣으며
고소한 그 맛,
웃음꽃이 활짝 피어난다

바람서리 찌든 자새* 빙빙 돌려

* 돌꼇의 전남 사투리.

한 줄로 감기는 누에 이야기

누님 혼수 명주베 씨줄로 짜여진다

어머니의 고무레

— 농기구열전 64 · 날틀

우리 집 식구들 태운
돛단배 한 척 고무레*
안방 한가운데 닻을 내리고 있다

남루의 파도를 넘는 어머니
가쁜 숨결이 얽힌 미영실 이야기
두툼히 감긴 열 개 가락이
어깨 나란나란 한 줄 횡대로 섰다

가락실 저마다 실줄 타고 올라
닻에 걸린 실구멍 뚫고 나오는
열 올 실을
가지런히 한 줄로 솔솔 빼내는
어머니 끈질긴 삶의 손길이여,

도투마리**에 날실로 감기어

* 날틀의 전남 사투리.
** 베를 짤 때 날실을 감는 틀.

덜크덩 덜크덩
식구들 옷가지 베로 짜 지느니

쿵덕쿵 찰떡 모떡

— 농기구열전 65 · 안반

안개김 모락모락 찹쌀밥 멥쌀밥
앞마당 나무 안반
파인 홈에 풀어 놓는다

총각 삼춘 흥에 겨워
떡메 하늘 치켜 올려
쿵쿵 쿵덕쿵 쿵쿵 쿵덕쿵
떡쌀밥을 찍어댄다

호동글 눈망울 굴리며
꼬맹이들 좋아라
데굴데굴 꽁무니를 흔든다

한 덩어리 쌀떡이
찰떡, 모떡
떡살 문양 절편, 인절미
명절맞이 마련 풍성해라

툭툭 흙살 골라 준다

— 농기구열전 66 · 곰방메

털털 하구나
통나무에 자루만 박은 곰방메

나무 손자루 움켜잡고
논밭 흙덩어리
툭툭 두들겨 흙살을 골라 준다

논밭이랑 이랑 고르게 다듬어
씨앗을 뿌리고
흙이불 덮어 주면
파릇파릇 돋아나는 가솔의 숨결

높은 곳으로 흘러가는 물도랑

— 농기구열전 67 · 용두레

산기슭 통나무 한 그루
농삿집 쓸모로 돌아 왔네

바람서리 나이테 다 털어 내고
파인 그 자리
낮은 곳에서 높은 곳으로 흘러가는
물도랑 되었네

뒷들 냇갈 웅덩이에
등굽은 농사꾼, 세발기둥 세우고
용두레를 매달아
졸졸 고이는 물 한 술 한 술 퍼서
무너미로 넘기네

생명수 물살 살랑살랑 번져
딸린 가솔 타는 목을 적시어 주느니

고소한 내음

— 농기구열전 68 · 기름틀

햇깨 가득 이고 어머니,
참기름 짜러
아랫마을 기름틀집에 가신다

움푹 파인 마음의 홈에
깨알 스르르 부어 넣고
기름틀집 능숙한 기계손이
반들반들 지렛대를 서서히 눌러댄다

햇볕, 비, 바람이
한철 내내 지어낸 천연 참기름
대롱 타고 졸졸 흘러나온다

고소한 삶의 내음 풍기며
참기름병에 담겨
우리 집 음식 맛을 돋구어 준다

짚신 시대
— 농기구열전 69 · 짚신틀

할아버지, 늘 짚신을 삼아 주셨다

사랑방에 짚신틀 앉혀 놓고
가느다란 새끼로 날을 삼아
이야기 이야기 풀어가면서
짚에 삼을 섞어 내 어린 꿈을 엮었다

내 나이 무게 버티어 낼
신바닥을 철통같이 다지고
발등을 에워싼 신총 곱게 다듬어
새 짚신이 얼굴을 내밀면

신골*을 매겨
내 발에 꼬옥 맞는
콧대 높은 집세기**가 되었다

* 짚신의 모양을 다듬는 데 쓰는 여러 개의 나무골.
** 짚신의 전남 사투리.

신고 다니는 내 삼짚신
조브장한 내 가슴이 활짝 펴졌다

나무 광주리

— 농기구열전 70 · 함지

오지랖 넓은 산골 통나무
나무 광주리로 태어났구나

가장자리 넓적한 손잡이
간편히 들려
안방 고방 툇마루
이리저리 옮겨 다니면서

어머니, 체머리 흔들어
쏟아지는 밀가루
가지 많은 식구들 가난의 양식
알뜰히 받아 간수하더니

읽다 둔 쪽지들 품어 안고
내 서재에서
고향 향취 풍겨 내고 있구나

시인의 산문

농기구열전에 담긴 이야기

전석홍(시인)

나는 농촌에서 자랐다. 그래서 농기구와 친숙히 지낼 수 있었다. 낫으로 풀을 베고 지게로 벼와 보리, 나무를 저 나르기도 했다. 어른들만 부릴 수 있는 쟁기와 두레 같은 농기구는 옆에서 보면서 그 쓰임새를 터득하고 얼마나 힘든 작업인지를 뼛속 깊이 새길 수 있었다.

농기구는 삶의 가파른 언덕을 넘어오는데 지팡이가 되어 주었다. 거기에는 농촌생활의 애환이 고스란히 담겨있다. 농민들의 피와 땀, 손때가 서려 있으며 혼이 박혀 있다. 농기구를 보면 무생명의 도구가 아니라 저마다 표정을 지닌 하나의 생명체로 다가온다.

나와 어울려 지내온 이 농기구가 사용하기 편리한 현대적 기계에 밀려 점차 우리 주변에서 사라져가고 있다. '이리야 쯧쯧' 소를 몰던 구성진 들판은 트랙터의 굉음이 독차지하고 있다. 농업박물관에 가야만 지난 시절 눈에 익은 농기구들을 보면서 그 시절의 삶을 회상해 볼 수 있게 되었다.

나는 뒤늦게 문단에 발을 디디면서, 내가 일찍 체험한 농기구를 통해 농촌의 고단한 생활상을 형상화하고 싶었다. 그러던 차에 문학평론가 김재홍 교수께서 잊혀져가는 농기구를 통해서 농촌의 애환을 그려보는 것이 어떻겠느냐는 의견을 주었다. 그러면서 소장하고 있던 '한국농기구고'(김광언, 1988)를 참고하라고 내주었다. 그렇게 해서 나는 농기구 연작시를 구상하게 되었다.

농기구 연작시는 단순히 농기구를 노래하는 것이 아니라, 농민들의 고달픈 삶을 내면적으로 증언하고, 이를 통해 삶의 의미와 올바른 삶의 방향이 어떤 것인지 인식해 보고자 한 것이다.

농기구는 용도에 따라 유형이 다양하고 각기 다른 얼굴

을 지니고 있다. 이 가운데 어머니 모습이 떠오르는 호미를 먼저 선택했다. 항상 안채 부엌 모퉁이 연기 자죽 흙벽에 걸려 있던 그 호미.

'버선코 흰 몸매 천상 조선 여인이구나/뾰족한 부리로 흙살 콕콕 찍어 씨앗집 짓고/여린 싹 발부리 틈새 잡풀만 골라 사근사근 뽑아내는 너는//보드란 듯 질긴 심지 어머니를 닮았구나/그 나무뿌리 손아귀에 들려/불볕 찌는 속 잡곡 밥그릇 일구어/나 여기 자리하고 있느니//호미 손자루 움켜쥐면/전율처럼 번져오는 그리운 손결'(「호미를 위한 광시곡」 부분).

호미는 버선코 같은 날과 손자루로 만들어져 풀 뽑기, 씨앗 심기에 사용되는 친숙한 농기구다. 어머니들의 농업 용품이기에 사모곡 등 고려가요에서 보듯 어머니 또는 모정에 대한 그리움의 환유로써 사용돼 온 대표적 농기구이다. 나는 호미를 보면 뙤약볕 속에서 밭을 매시는 어머니의 고단한 모습을 떠올린다. 힘든 고갯길을 넘겨주신 '어머니의 호미'가 있었기에 지금 내가 여기 있는 것이라는 생각을 가지고 생활하고 있다.

아버지의 상징적 농기구는 삽이다. 「삽날에 기대어」란 시제로 아버지의 한생을 노래했다. 농부에게 삽은 일생을 함께 하는 도반이자 마지막 친구라 할 수 있다. '아버지 어깨마루 타고 한평생 들판을 오가던 삽 한 자루'와 같이 평생의 벗이고, '논두렁 붙박여 서서 시름 함께 나누는 그림자'이며, 마침내는 '아버지 삽자루 손 놓아 버리시던 날/내 손에 들려 이승 끝 방바닥 고웁게 다지고/관 위에 한 지게 흙눈물을 쏟아 붇는' 끝까지 함께 하는 도반인 것이다.

삶의 과정에서 삽은 '균형 잡힌 양 어깻죽지 든든하'게 '흙가슴살 헤집으며/흙찰밥 한 사발씩 퍼 올리느니/그 자리에 우리 식구 밥상이 차려졌네'라 표현함으로써, 삽은 바로 '흙찰밥', '밥상'과 동의어 내지 등가물로 보았다. 그만큼 삽은 연장으로서 역할도 크지만 생명권, 생활권의 근본 상징으로서의 중요성을 갖는다 할 것이다.

내가 어렸을 때, 많이 져본 적 있는 지게는 나에게 특별한 의미를 갖는다. 지게는 단순한 운송 수단이 아니다. 「오늘도 지게 지고 걷는다」의 시에서 지게와 그 위에 얹힌 짐은 바로 고단한 삶의 상징이면서, 동시에 생의 객관적 상관물로서 의미를 지닌다. '등거리에 실려 다닌 내 지게 인생'과 '오늘도 천근 지게를 지고/터벅터벅 생의 외길목을 작대기 하나 걸어간다'에서 우리의 현실 삶을 '지게와 작대기'로 표상한 것이다. 모두가 무게는 다르지만 삶의 짐을 등에 지고 생을 영위해 가는 것 아닌가.

또한 지게는 나에게 생의 교훈을 일러 주고 깨우침을 준

상징물로서 존재한다. '세상사 힘겨우면 어깻죽지 눌러 신호를 보낸다/제발 짐 좀 덜어내라'고/한쪽 쏠려 기우뚱 중심 흔들리면/'수평 잡으라 단호히 일러준' 것이다. 살아가면서 온갖 탐욕을 버리고 균형을 유지하여 중심을 바로 잡고 사는 삶의 중요성을 지게에게서 배운 것이다.

이러한 방법으로 내 체험을 담아 70종의 농기구에 대해 「농기구열전」이라는 이름으로 연작시를 썼다. 1차로 28종(『내 이름과 수작을 걸다』, 「농기구열전」, 2009년), 2차로 32종(『상수리나무 교실』, 「속 농기구열전」, 2020년), 3차로 10종(미발표)에 대해 시의 그릇에 담아 형상화하였다.

농기구열전은 나의 이력서이며 농촌의 역사이며 근대화 과정의 한 발자취이다.

서정시학 시인선 목록

001 드므에 담긴 삽	강은교, 최동호
002 문열어라 하늘아	오세영
003 허무집	강은교
004 니르바나의 바다	박희진
005 뱀 잡는 여자	한혜영
006 새로운 취미	김종미
007 그림자들	김 참
008 공장은 안녕하다	표성배
009 어두워질 때까지	한미성
010 눈사람이 눈사람이 되는 동안	이태선
011 차가운 식사	박홍점
012 생일 꽃바구니	휘 민
013 노을이 흐르는 강	조은길
014 소금창고에서 날아가는 노고지리	이건청
015 근황	조항록
016 오늘부터의 숲	노춘기
017 끝이 없는 길	주종환
018 비밀요원	이성렬
019 웃는 나무	신미균
020 그녀들 비탈에 서다	이기와
021 청어의 저녁	김윤식
022 주먹이 운다	박순원
023 홀소리 여행	김길나
024 오래된 책	허현숙
025 별의 방목	한기팔
026 사람과 함께 이 길을 걸었네	이기철
027 모란으로 가는 길	성선경
029 동백, 몸이 열릴 때	장창영
030 불꽃 비단벌레	최동호
031 우리시대 51인의 젊은 시인들	김경주 외 50인
032 문턱	김혜영
033 명자꽃	홍성란
034 아주 잠깐	신덕룡
035 거북이와 산다	오문강
036 올레 끝	나기철
037 흐르는 말	임승빈
038 위대한 표본책	이승주
039 시인들 나라	나태주
040 노랑꼬리 연	황학주
041 메아리 학교	김만수
042 천상의 바람, 지상의 길	이승하
043 구름 사육사	이원도
044 노천 탁자의 기억	신원철
045 칸나의 저녁	손순미
046 악어야 저녁 먹으러 가자	배성희
047 물소리 천사	김성춘
048 물의 낯에 지문을 새기다	박완호
049 그리움 위하여	정삼조
050 샤또마고를 마시는 저녁	황명강
051 물어뜯을 수도 없는 숨소리	황봉구
052 듣고 싶었던 말	안경라
053 진경산수	성선경
054 등불소리	이채강

055 우리시대 젊은 시인들과 김달진문학상 이근화 외
056 햇살 마름질 김선호
057 모래알로 울다 서상만
058 고전적인 저녁 이지담
059 더 없이 평화로운 한때 신승철
060 봉평장날 이영춘
061 하늘사다리 안현심
062 유씨 목공소 권성훈
063 굴참나무 숲에서 이건청
064 마침표의 침묵 김완성
065 그 소식 홍윤숙
066 허공에 줄을 긋다 양균원
067 수지도를 읽다 김용권
068 케냐의 장미 한영수
069 하늘 불탱 최명길
070 파란 돛 장석남 외
071 숟가락 사원 김영식
072 행성의 아이들 김추인
073 낙동강 시집 이달희
074 오후의 지퍼들 배옥주
075 바다빛에 물들기 천향미
076 사랑하는 나그네 당신 한승원
077 나무수도원에서 한광구
078 순비기꽃 한기팔
079 벚나무 아래, 키스자국 조창환
080 사랑의 샘 박송희
081 술병들의 묘지 고명자
082 악, 꽁치 비린내 심성술
083 별박이자나방 문효치
084 부메랑 박태현
085 서울엔 별이 땅에서 뜬다 이대의
086 소리의 그물 박종해
087 바다로 간 진흙소 박호영
088 레이스 짜는 여자 서대선
089 누군가 잡았지 옷깃, 김전인
090 선인장 화분 속의 사랑 정주연
091 꽃들의 화장 시간 이기철
092 노래하는 사막 홍은택
093 불의 설법 이승하
094 덤불 설계도 정정례
095 영통의 기쁨 박희진
096 슬픔이 움직인다 강호정
097 자줏빛 얼굴 한 쪽 황명자
098 노자의 무덤을 가다 이영춘
099 나는 말하지 않으리 조동숙
100 닥터 존슨 신원철
101 루루를 위한 세레나데 김용화
102 골목을 나는 나비 박덕규
103 꽃보다 잎으로 남아 이순희
104 천국의 계단 이준관
105 연꽃무덤 안현심

157 너무 아픈 것은 나를 외면한다 이상호
158 따뜻한 편지 이영춘
159 기울지 않는 길 장재선
160 동양하숙 신원철
161 나는 구부정한 숫자예요 노승은
162 벽이 내게 등을 내주었다 홍영숙
163 바다, 모른다고 한다 문 영
164 향기로운 네 얼굴 배종환
165 시 속의 애인 금동원
166 고독의 다른 말 홍우식
167 풀잎을 위한 노래 이수산
168 어리신 어머니 나태주
169 돌속의 울음 서영택
170 햇볕 좋다 권이영
171 사랑이 돌아오는 시간 문현미
172 파미르를 베고 누워 김일태
173 사랑혀유, 걍 김익두
174 있는 듯 없는 듯 박이도
175 너에게 잠을 부어주다 이지담
176 행마법 강세화
177 어느 봄바다 활동성 어류에 대한 보고서 조승래
178 터무니 유안진
179 길 위의 피아노 김성춘
180 이혼을 결심하는 저녁에는 정혜영
181 파도 땋는 아바이 박대성
182 고등어가 있는 풍경 한경용
183 0도의 사랑 김구슬
184 눈물을 조각하여 허공에 걸어 두다 신영조
185 미르테의 꽃, 슈만 이수영
186 망와의 귀면을 쓰고 오는 날들 이영란
187 속삭이는 바나나 지정애
188 더러, 사랑이기 전에 김판용
189 물빛 식탁 한이나
190 두 개의 거울 주한태
191 만나러 가는 길 김호혜
192 분꽃 상처 한 잎 장 욱
193 웃는 연습 박금성
194 일주일의 마법 조영숙
195 세상을 사랑하는 법 신원철
196 하얗게 말려 쓰는 슬픔 김선아
197 극락조를 기다리며 허창무
198 늙은 봄날 윤수천